U0640004

国家出版基金项目
NATIONAL PUBLICATION FOUNDATION

是新疆丛书

就像风

王珏丽 ◎ 著

新疆文化出版社

图书在版编目（CIP）数据

就像风 / 王珏丽著. — 乌鲁木齐：新疆文化出版社, 2024.6

（这里是新疆丛书）

ISBN 978-7-5694-4325-7

Ⅰ.①就⋯ Ⅱ.①王⋯ Ⅲ.①散文集—中国—当代
Ⅳ.①I267

中国国家版本馆CIP数据核字（2024）第014776号

就 像 风

JIU XIANG FENG

著 者／王珏丽

出 品 人	沈 岩	责任印制	刘伟煜
策 划	王 族　王 荣	装帧设计	李瑞芳
责任编辑	晁 婷	版式制作	田军辉

出版发行　新疆文化出版社有限责任公司

地　　址　乌鲁木齐市沙依巴克区克拉玛依西街1100号（邮编：830091）

印　　刷　永清县晔盛亚胶印有限公司

开　　本　787 mm×1 092 mm　1/16

印　　张　17.5

字　　数　120千字

版　　次　2024年6月第1版

印　　次　2025年1月第2次印刷

书　　号　ISBN 978-7-5694-4325-7

定　　价　52.00元

序

　　也许，生命就像风，要用一生的时间去寻找，寻找风起的来处，和风落的归宿。

　　我，处在这风的中间，处在新疆这片神秘而辽阔的大地之上，处在生命旅程的转折点上，来时的风已远去，未来将在哪里停留？清醒的是，庆幸的是，我知道，我不是随风的人，也不是追风的人，我是这风本身，或者说，我一直努力成为风的本身。

　　这场风从黄海边来，在塔克拉玛干金黄的沙漠蒸发掉了所有的湿黏，落在遥远的金山。也从多雨的城市，经过反复晾晒，抵达遥远的雪都。当远方成为故乡，这场风也有了自己的语言。

　　我希望，它是属于诗歌的语言。

　　和喀纳斯一起去流浪，截留一城又一城的光阴，当所有的雪落下来，仍有一亩金黄的太阳。吹过人间，长满皱纹，却越来越坦然，归来时仍像孩子一样，本自具足。

不必惊扰转场的羊群，不必留下经过的痕迹，不必定义——它应该像风的本身，无所求。

它只是存在。

如果花开了，便与花静坐；如果雪落下来，便听雪落的声音。经过一座湖，哪怕再留恋，也绝不占有。它经过的地方，像一切已经发生，又像一切尚未开始。一场风存在的意义，是经过。

它只是经过。

有时它停下脚步，有人说它顺从；有时它昼夜不停歇，有人问它所谓何求；有时它带着雨带着雪带着尘土漫天，便有人指指点点。

它只是追寻。

吹拂的人，惊动的岁月，仿佛因这场风而起，其实都是为这场风而来。如能拥有风的纯真、风的臣服、风的开阔，那么即便一无所有，也将拥有永恒。

我想，生命就像风。

目　录

第一辑　　　　3 / 在月亮湾等你
和喀纳斯一起去流浪
　　　　　　　5 / 和喀纳斯一起去流浪

　　　　　　　7 / 萨尔布拉克

　　　　　　　9 / 以不朽的信念成为信念的分子

　　　　　　　11 / 在九月

　　　　　　　14 / 布尔津的风

　　　　　　　16 / 交换喀纳斯湖水

　　　　　　　17 / 托勒海特

　　　　　　　19 / 开往喀纳斯的秋天

　　　　　　　21 / 在五百里等你

　　　　　　　23 / 图　瓦

　　　　　　　25 / 用白桦树的方式爱你

　　　　　　　27 / 神钟山之耳

　　　　　　　29 / 可可托海夫妻树

　　　　　　　31 / 青格里

　　　　　　　33 / 暮光之红石头

　　　　　　　35 / 托勒海特石林

　　　　　　　36 / 盛大的风景

37 / 从草原尽头重返

38 / 红　柳

40 / 一个人的塔克拉玛干

42 / 草原何以生生不息

43 / 和牧羊女的距离

45 / 转　场

47 / 毡　房

49 / 金莲花的轮回

51 / 湖底的秘密

53 / 额尔齐斯河畔的汗血宝马

55 / 穿过白桦林来见你

56 / 白天鹅

59 / 白云魔术师

61 / 独库梦之路

63 / 喀拉尕什的夜

65 / 塔城秘语

67 / 金凤栖息在泽勒普善

69 / 叶尔羌河的金色恋人

71 / 菜籽沟的麦地

72 / 奔腾的额尔齐斯河

74 / 在可可托海等你

第二辑　　　77 / 夜风裙
为你截留一城光阴　79 / 为你截留一城光阴

81 / 土　地

83 / 宝石的记忆

85 / 浪　花

87 / 一天的时间

90 / 火　棘

92 / 我们常常忘了

93 / 空院子

94 / 在此之前

96 / 中　和

97 / 拥　有

98 / 就像风

100 / 花的哲学

102 / 最深的秘密

104 / 给月亮递一张纸条

106 / 陌生的小路

108 / 秋天不哭泣

110 / 克兰河边书店

112 / 两个月亮

113 / 墙上的门

114 / 凹凸的诗眼

115 / 风

116 / 采风的人

118 / 人生答卷

120 / 念　想

122 / 把你藏在一首诗里

123 / 时　间

第三辑
我有一亩金黄的太阳

127 / 迎来忘记你的春天

129 / 我有一亩金黄的太阳

131 / 北坡的草

132 / 野　花

133 / 打包一个秋天

134 / 让秋天为我着色

135 / 年轮上的叶子

138 / 凝视，村里的时光

140 / 芨芨草

141 / 河　水

142 / 收　割

143 / 远去的白马

145 / 手空空的秋天

147 / 为每条路写一首诗

148 / 草木之心

150 / 等候的结果

152 / 写给十二月的诗

154 / 如果这只是梦

155 / 就像天空允许大地素面朝天

157 / 仿佛从未被这人间所伤

158 / 留　白

159 / 假装爱是云淡风轻的事

161 / 好　像

162 / 燃　烧

163 / 自　由

164 / 我的构成

165 / 森林浴

167 / 星　星

169 / 大海的味道

171 / 把爱还给大地

第四辑　　　175 / 初雪的阿勒泰角落

下在雪都的雪　177 / 下在雪都的雪

178 / 雪　泪

181 / 看　雪

183 / 友谊峰的雪

184 / 酝酿一场大雪

186 / 一片雪

187 / 三　月

189 / 半生雪

190 / 六月的眼泪

192 / 如　果

194 / 前世我们一起种下了芦苇花

196 / 一扇木门的距离

197 / 答应你

199 / 还有个少女在岸边哭泣

200 / 天空之镜

202 / 雪都特产

203 / 雪都作文

205 / 空白格

207 / 雪如月光

209 / 额尔齐斯河边

第五辑　　　213 / 遥远的山野童年

长满皱纹的孩子　215 / 长满皱纹的孩子

217 / 父　爱

220 / 面

222 / 风中的把手

225 / 酥皮月饼

227 / 远行的人

229 / 烤红薯

230 / 四十岁之前

231 / 不可复制

235 / 故　乡

238 / 火　车

240 / 回家的路

242 / 为母亲写一首诗

244 / 美　英

246 / 去看看爸妈的童年吧

250 / 我要跟在后面

252 / 爸　爸

254 / 走在异乡九点半的路灯下

255 / 入　口

257 / 我要和群山站在一起

258 / 宝贝听我说

261 / 无尽夏

265 / 倒　影

266 / 海的那一边

268 / 当一次坏人

第一辑

和喀纳斯一起去流浪

☑ 阅遍新疆
☑ 图赏山水
☑ 书香新疆
☑ 文艺橱窗

扫码进入

在月亮湾等你

我是初一的新娘

没有阴晴圆缺

我有海蓝的深情碧绿的悠远

也有金黄的丰盈和雪白的静谧

西伯利亚落叶松攀缘着

爬上十五的眼眸

山谷的风清爽

柔软如诗

月光比夕阳温存

我用五百年蜿蜒的模样

带着湖怪的密信

寄给你来自远天的雪花
崭新着年轮

喀纳斯为你推开深冬的尽头
马爬犁加固了时间的楔子
毛皮雪板还寂寞在栅栏上

只要你在梦里叨念
哪怕只有一次
我就能真切听见

望着风吹来的方向
那些松针便再一次重新回到枝头

和喀纳斯一起去流浪

舀一池湖水

盛放在锁骨的臂弯

就可以随水的求索　流浪远方

途中

童年在左岸

六月在右边

每当想表白

阵雨就推开艳阳

往事一次次模糊了面庞

松雀淋湿了翅膀

总能在枝头晒干

我却无力随你去看北冰洋

不用呼唤她的乳名
便可拥有这一池湖水
她曾流经我的河床
我的锁骨今生永不干涸

萨尔布拉克

这只是个随机附着的词语

你的名字叫作萨尔布拉克

还有很多个和你同名同姓的地方

而我们也只是在偶然的小节线相遇

偶然决定出发

偶然成为同伴

偶然飘过的浮云

偶然吹过的初夏的风

偶然路过的转场的羊群 货车 红脸的小伙

还有山坡上偶然留下的脚印

一生中总该有一次触及灵魂的旅途

理应盛大而隆重
一遍遍翻看萨尔布拉克的相片
就一次次重返
一遍遍回想起那天的片段
就一次次获得慰藉

我想
是这无数的偶然才拼凑出命运的必然
是历经各自的动荡仍然诚挚才能坦然地交付
交付素颜的欢愉
交付留白的纯真
像是我们都还不曾学会为分寸让渡

以不朽的信念成为信念的分子

像是老者打量着人间
早已放弃与时间的拔河

在阿拉尔
人们和胡杨树一样
慢慢地活着　老去
如塔里木的河水一般
缓缓地流过沙漠
静静地等待一场又一场沙尘暴平息
像是亘古的约定

而这是一座年轻的城市

谁在这里褪去了浮躁

谁就获得了上天的庇佑

以不朽的信念成为信念的分子

在 九 月

独自娇艳的金莲花
请留一抹芬芳予我
在九月

蒹葭摇曳的乌伦古湖
请留一艘游船予我
在九月

碧草青青的滑雪场
请留一条旱雪道予我
在九月

蜿蜒幽深的禾木路
请留一缕炊烟予我
在九月

荡气回肠的三道海子
请留一段清唱予我
在九月

秋意渐浓的喀纳斯
请留一抹倒影予我
在九月

沉静娇羞的白桦林
请留一片树荫予我
在九月

奇思妙想的神石城
请留一个童话予我
在九月

天鹅蹁跹的可可苏里
请留一个浮岛予我
在九月

额河枕畔的金山书院
请留一枚书签予我
在九月

布尔津的风

裹一袭黑色长裙

滑落布尔津童话的夜晚

街灯柔美

像金色的面纱轻掩

大巴涌下来的游客

在夜风里无限欢喜

花尚未开

不知他们为何而来

她带着笑容走进人群

将心事藏匿灯光背后

风紧了　便把衣领拉得更紧

风停了　她和未停歇的叶片一起颤抖

童话的边城啊
曾是你召唤她来
梦里的喀纳斯啊
为何醒不来

还会有一场风么
把她带回来
童年的秋千上还在摇晃那首歌
人生如梦何时醒
醒来仍是梦中人

交换喀纳斯湖水

水
一定是有记忆的
那些流经我身体的生命之水
用沉默擦拭容颜
不回头奔向无尽的远方

努力把身体里的水清空
和喀纳斯湖水交换
如果不被往事的风浪拍打
就能重新来过

我在湖边静坐
湖水带着乡愁静默
落在我手心的人间摇晃着星光

托 勒 海 特

是的
总有些惆怅无法付诸语言
雪
趁着静谧无风的冬夜
顺着通天洞
一片片落下

堆积在半空的无名石林
惦念在心底的托勒海特
也曾想让每棵树都懂得雨的来路
也曾被转场的牛羊不屑一顾
说不出口的秘密遁入自己的命运

忘记的忘记不必愧疚

哪怕曾为你刺青

打包了几次还舍不得丢弃的旧衣裳

也许正是爱情在目光背后的模样

开往喀纳斯的秋天

只看过
一汪湖
一片山
一座城
就被你套牢

母亲把我生在你的远方
我用灵魂的指引奔赴你
无需地图

开往喀纳斯的秋天
手握繁华何必扰落幕
左手月光和着右手的风

仿佛圆满

所有的果实已经坠落
酸的甜的苦的
红的黄的绿的
种子像无辜的誓言
被岁月抽穗

只爱过
一个人
一首歌
一次心动
不必为谁歌颂

在五百里等你

一座城的记忆是
一个家
一段情
一场梦
一条河

五百里奔腾的克兰河
为这一公里的精彩停留
有青春万岁　还有
去吧　去那山外的远方

当我背起行囊
你用塔尔米奶茶为我送行

当我千里归来
融化的酥油荡漾着不争的从容
岁月的痕迹刻进沙发的纹路

哪怕满身风雪
并未衣锦
故乡是童年的不离不弃
永远阳光灿烂
你从不问我相聚和别离

一座城的记忆是
有人从远方而来
有人向远方而去
有人停停走走
有人来来回回

图 瓦

来历
呈现在历史烟云
语言
交融在左邻右舍
信念
守护在友谊峰之上

在春秋缺席的山谷与河床
洁白的哈达献上祝福
楚吾尔吹起来
呼麦唱起来
敖包飘荡着斑斓的祈愿
蓝领带固守着当初的誓言

祭天祭地　山火湖鱼
成吉思汗仍然保佑世代子孙

第二碗奶茶已经入怀
第二匹马仍心怀梦想
第二次被拒绝的男子对酒当歌
栅栏为雪的夜晚引路

谁能说盛大比渺小幸福
谁能说记住比遗忘更长久

用白桦树的方式爱你

和一个少年并肩成长

他总在星星睡醒前用呼吸紧靠着我

拉斯特天边的云戏弄着他的心事

若不是那些方方正正的文字

一个山里娃怎会忘了暮归的羊群

他整理行囊时我把树皮剥落

几个夜晚的泪滴满了瓦罐

愿他在陌生未知的土地也能安稳

他走得更远

我把尚未金黄的秋叶打包给他当盘缠

他在霓虹里遍体鳞伤

我把枝条折下为他典当过冬的毛革服
他遇见了生命中的阿瓦尔古丽
我把主干从根处砍断造一所爱巢

曾经出走的少年归来已是暮年
约定的村口早已淹没在黑亮的柏油河
多少重逢撕碎了暗香
从远方梦游醒来的星星
燃亮一夜苜蓿草摇曳

他坐下来
在一截树墩上
安心地回想往事

神钟山之耳

无法用语言解释的神迹
以诗的名义无限拉伸想象的边界
以钟的意象
山的轮廓
再用神话装扮它的神秘

幻想走不出地平线
真理从不大声说话
叛逆被迷雾笼罩
大地的每一处凸起负责收录

这只耳一定是得意的杰作
隔水独立

捕获更深的电波
人类听不到的声音
你遗失的秘密
它尽收耳底

可可托海夫妻树

春夏你们一起翠绿

桦树在唱

松枝在和

相爱的人对你们许下誓言

秋来

为桦树穿上金黄长裙

根在大地深处相拥

谁也听不见他们的低语

松树更加浓绿

桦树叶片凋落

白雪缠缠

这是盘点的季节

不相信爱情的人
把泪水流在了这里
不相信永恒的人
在树下忏悔

前世比翼双飞
今生共结连理
是谁说过的
爱从来都是天意

你说来生再也不相见的那个人
终究一生也切不断纠缠
走得再远也是同根
走得再久都会回头

青 格 里

一条河
从雪山脚下出发
从不停息

无人的夜
毫不懈怠
河水从不取悦

青格里的风
阿尔泰最深的凉
吹动青龙湖灯光的倒影

一座四个小时可以抵达的城

十五年第一次前往
湖边唱歌的大叔问我为什么给他拍照

一只鹰飞得很低很低
在湖面留下悲伤的轨迹
仿佛它也知道今天是个道别的日子

我们目睹很多人降生
却看不见自己初生时的模样
我们目睹很多人埋葬
却闻不到自己墓碑前的花香

一对恋人说
一定要把骨灰合在一起
他对她说 你一定要长命百岁
她问他 那你呢

明天
太阳浮出乌伦古河面时
地上的国少了一个人
地下的又多了一个

暮光之红石头

暮光中的一头雄狮
白天沉睡
傍晚醒来
晚霞中威风凛然

没有传说的红石头
谁都能一眼看穿
不会被杜撰历史
也无需夺人眼目

兀自伫立
守望山城日出日落
红色地衣紧抱岩石

风吹日晒冰冻　　终把坚硬感动

默默
把一头雄狮染红
静静
在风中相拥

有的爱
从不言语
从不炫耀
永不分离

托勒海特石林

一片片黑石斜插进天空
谁也无法猜测上天的用意
在草原深处
山的尽头
石林泰然静默

如果我是其中一片
也绝不被风磨去棱角
绝不迷失
向着天空的高处生长

盛大的风景

就像幸福来得太突然
盛大的风景拉开帷幕
不敢相信

楼下的少年
手捧着鲜花双眸闪亮

为喀纳斯而来
风尘仆仆不顾一切

无法付诸语言的爱
犹豫等待　千回百转

从草原尽头重返

冬不拉用两根弦把她拉回喀纳斯
大尾羊摇晃着浑圆的背影追逐草原
羊肚蘑菇唱一首歌就去了木星
黑蜂与金莲花约定三世三生

她在夏牧场降生
她在冬牧场种下青涩的冰花
她在夏牧场成为新娘
她在冬牧场想象风吹大海的麦浪

爱和自由在夏牧场
泪和重生在冬牧场

红　　柳

风吹过
你在沙漠隆起饱满的双乳
针形的叶片穿越阵痛
生命绝迹的地方也从不退缩

风雪里
你对酒当歌
酒杯开出了花朵
一丛丛粉紫簇拥

垂落的枝条
触到沙就变成根须
向着大地更深处

触摸生命之水

你从不掩饰
把阳光源源不断吸吮
你没有阴影
那些生长习惯了疼痛

你从不依靠等待
谁也斩不断你的坚韧
你生来顽强
在无人区自成绿洲

一个人的塔克拉玛干

柏油路向白桦林铺陈开去
沥青沾满鞋底
每个脚印都嵌入哈巴河的林荫道
那个夏天
融化的不仅仅是沥青

想必是深深爱过
才会百转千回不肯松手
对着镜子拔下第一根白发
闭目回到那个分岔路口
如果没有向左转

记忆被风吹散
时松时紧
天边的云和荡漾的河水
风干了落下
那是一个人的塔克拉玛干

草原何以生生不息

草是风的旋律
微风中轻轻地摇曳
狂风里从不怯懦

盛大的　高山　湖泊　海洋　森林
相互吞噬占领
唯有草原
生生不息

细语轻言的姿态
低沉　朴素　不争
从不攀缘依附
紧紧抓住脚下的一毫厘
有些人便是如此

和牧羊女的距离

常想
曾经　以及现在
拥有一座毡房多好

当我快乐
就把羊群赶往更远的草场
撒下风铃的养料
沉默的种子在身后一一绽放

当我悲伤
哭着寻找迷路的羔羊
比它的母亲更像母亲
每一滴泪洒在夜的草原成为精灵

当我孤单

星星不停落下来陪我

羊 咩咩地唠叨亘古的谜语

月亮睁开情人的眼睛

随时都可以

去做一个牧羊女

无数个明天迎面走来　随风而逝

美丽的梦一直在雨季奔跑

转　　场

牛羊追着绿色转场
只为草
从不朝三暮四

花比人先感知变幻
迎着温暖一泻千里
从古至今

人以为主宰一切
在拆分的格子里四处乱撞
迷欲
将一片片草原风化成沙

牧羊人拿着皮鞭赶羊也赶季节
大尾羊一直不明白
那些人
为什么总跟在屁股后面
他们在追什么

羊是多么幸福啊
总有草原得以重返

毡　房

卷曲的羊毛被轻轻拍打
额尔齐斯河的水把你湿润
阿帕一遍遍把你卷压
指甲花将你浸染

沙丘上的红柳
垂落的枝丫又变成根须
那些坚韧和光直
在大地上撑起了山丘

羊角花秀满花毡
一层层围裹
你骄傲地宣告

没有泥土也可以筑起高墙

开向天空的穹庐之窗
只有你可以对着白云撒娇
再大的风雪
也冲不破你的围裹

冬不拉弹起来
黑走马跳起来
热腾的奶茶
温暖了迷路的陌生人

哦,移动的宫殿
你的斑斓
点缀了没有起伏的草原

金莲花的轮回

一阵风吹过
金莲花打了个喷嚏从花蕊掉落

阵阵风吹过
没有了依附只能翻滚
挣扎也是徒劳

羊群呼啦啦经过
把它深深踩进泥土
一坨温暖湿润的羊粪蛋儿
沉沉压住了天空

它在黑暗里思索徘徊

千百回
一道光露出了缝隙
它努力张望着伸长了胳膊

它变成了金莲花
未来得及放声大笑
羊把它一口吞掉

它穿过黑暗潮湿
变成了羊粪蛋儿
爱上了一粒种子
又在四月风化

再也不用想从哪里来了
再也不用想到哪里去了
不问也不追

在六月
金莲花开了
总会开的
像未曾相遇
像永不分离

湖底的秘密

故乡是最善变的女子
你离开她就移情别恋
她只相信触到的温度

所有离别的许诺都是一厢情愿
你转身她便把童年的印迹擦得干干净净
甚至回家的路她都翻手切断

那些布满记忆的线索
她一一拆除
泥巴　台阶　爆米花的炉子
转角　胡同　伸进窗口的无花果树

她一心一意给新人铺开崭新的宣纸

研上新的墨汁

她传来的讯息找不到一点与你有关的牵连

就像那些吻和泪只是杜撰的剧情

当你迎着风雪赶回赴约

拼命证明曾经的缠绵

遍寻不到一点儿佐证

她看着你　一点儿不躲闪

像迎来新的爱情

起身迎你进门

笑得灿烂而陌生

在喀纳斯的湖底

湖怪守护着一个宝盒

那是一些遥远的故事

留下诺言远去的王子从未归来

泪水成了深湖

再多的阳光也照不暖湖底

那盒子上刻着斑驳的词语

——故乡

额尔齐斯河畔的汗血宝马

你给的鼓励胜过父母
我不知道怎么回报你

你给的感动胜过爱人
我不知道怎么回报你

你给的温暖把我从黑暗处拉回
我不知道怎么回报你

你总是笑着让我知道一切还好
我不知道怎么回报你

你骄傲地告诉每个人我的美好

我不知道怎么回报你

想努力变成你说的样子
怕自己辜负了你的目光

来生我要做一匹额尔齐斯河畔的汗血宝马
今生说不出口的那些话只愿你能读懂

穿过白桦林来见你

秋雨把白桦的金黄打落

穿过湿漉漉的小道

盼望已久的相见

翻开岁月的故事

雨接连湿润着你的我的眼眸

在彼此的目光中温暖了瑟缩的寒冷

白 天 鹅

她从天空降落救起受伤的首领

他们相爱了

他们的孩子叫哈萨克

从此有了一个民族

草原上白天鹅的后裔

他们善良温顺

沿袭图腾的崇拜

死去的白天鹅被挂在毡房栅栏上

女子把羽毛插在帽顶

孩子别在胸前

他们永远记得母亲来时的路

从一出生开始就默默忍受
甲床变形
表皮成茧
一层一层指甲在血淋淋中脱落

他们在笑
笑我那么着急
他们从不着急
他们不会知道我的秘密

终有一天飞了起来
飞过了溪流
飞过了小河
飞过了海洋

终于有了自由
不用在乎别人的表情
不用在乎风的方向
不用在乎手该放在哪里

只是这个冬天
谁也没料到

大雪无休无止
把一切掩埋

有人抱起在雪地里冻僵的我
挂在栅栏上
来年春天有人出嫁
用我的羽毛装饰着嫁衣

白云魔术师

我骑着自行车　看到
一支棉花糖挂在天边

我在塘巴湖　看到
一只海豚在天上对我微笑

我在滑雪场　看到
一只洁白的雄鹰从天空向我飞来

我在神石城　看到
一群羊从蓝天经过

我在可可托海　看到

一朵朵浪花在头顶翻涌

我在喀纳斯　看到
洁白的湖怪飞上了彩虹

我在白桦林　看到
天上也有白桦树的爱人

这些白云
一定是要告诉我什么秘密
才不停对我变魔术
如果你相信我
我们一定看见过同一个白云魔术师

独库梦之路

梦开始的检票处
九曲十八弯的源

黑头羊面朝东方
东归的曙光刺穿迷雾
土尔扈特穿越冰封
草原把归途的血泪埋藏

天鹅从不炫耀忠贞
只留一片传说的湖
红土堆积别样山峰
在洞天俯瞰步步惊叹

用一天历经春冬

一场表演浓缩历史

一首诗道尽冢里发酵的沉默

却无法用一生看透沿途

独库把天山贯通

把风切割

轮胎碾过艰难的泪水

道路从不催促迟疑的脚步

喀拉尔什的夜

拉开窗帘

面对茂盛的菜园

也有面朝大海的舒畅

多么鲜嫩的晨

田埂亲吻脚印

露水与绿叶缠绵一夜仍意犹未尽

霜打的葡萄像冰糖

空气带着甘甜

喜阿姨炒了两个青菜

下锅时又摘来两只红辣椒

突然想起昨晚聊天到半夜

有多少年没和母亲睡过一张床

喜阿姨说女儿都成了家很少回来

我们面对面吃着饭

喜阿姨不停给我加菜

临走时

我转身给喜阿姨一个拥抱

热烈又坚实

仿佛那些无奈的分离都被融化

塔 城 秘 语

因为怯懦
差点失去
你不惜一切
用一把火粉碎了阴谋

也只有你
改写屈辱的历史
巴尔鲁克山站在原地
回家的路竟走了十年

父母在却远行的男儿们
用鲜血染红了边境
福森把自己的生命之水给了小白杨

万年荒芜的塔斯提硬生生长出了第一抹绿

消失的独树者终于找到来生
一棵树用自己的轮回守护脚下的土地
人的挣扎流离在地上
树的九死一生在地下

家国动荡的岁月
有骨气的女子不甘沉默
子弹穿过龙珍的身体
还有在羊水里毫不知情的生命

那些被尘土掩埋的伤痕
车马滚滚中无法被淡忘的名字
所有不认识你的人为你举杯
你把心事独饮而尽

他们说你美若油画
未曾了解你的蜕变
你一低头鲜花满城
终究还是成为自己想要的模样

金凤栖息在泽勒普善

在泽勒普善
每一株法桐都有被庇佑的信仰
面向东方的朝阳

别用你的惊讶 度量
八百年静默的沧桑

在华夏的庄园
塔克拉玛干西缘以及
昆仑山北麓
悬铃木的民歌诉说着朴素的哲学

我知道的

总会有人停下来为你书写
如张爱玲描绘的上海烟云

是长久暗藏的盛大　才有
金凤和鸣的栖息

叶尔羌河的金色恋人

在高处
缀满胡杨的风铃　身披
金黄澄净的恩泽

叶尔羌河
每一滴生命之水　拨弄
金色绵长的波光

从不说出　你看
风也不语
云也含笑

这秘密　大概

不介意诗歌的缺席

只把金色的倒影　朝向
朝向你的水流

也用温润的河床　修筑
修筑金色的水乡

菜籽沟的麦地

这里有值得用一生守护的麦地
撒一把种子
上天就会奖励一场盛大的秋收

来不及等到九月
这是初夏的六月
山坡披着羊剪绒般厚实的青草
吉尔说要像孩子一样躺着拍照
笑声在草地上铺出了我们的身影

秋天,这里会长出新的我们
不必流浪
生来就拥有一生的麦地

奔腾的额尔齐斯河

站在桥上，也许
西行的并不是额尔齐斯河
逝去的，也不再仅仅是风
不是岁月

只是，我
不想再滞留桥上
因为沉重的行囊停止奔跑
停止奔跑，就像河的倒流

我要追上，追上
那条河流的速度
那样，我便是额尔齐斯河

奔腾的额尔齐斯河

向西,向西

不再回头……

在可可托海等你

可可托海的机场
只目送一架飞机起飞
也只等待一架飞机降落
乘客座位要平均分布
用以保持飞机平衡

如果你知道
这世上总有一个地方等你来寻
总有一个人安静地等待

第二辑

为你截留一城光阴

夜 风 裙

把月光偷偷拉近　轻轻
转一圈
不敢惊扰周围的花草

把夜晚的风裹在身上　长至脚踝
比白天的拖地长裙更感到安全
无力去阻挡夜幕的流言

远离家园的夜晚
只有挪动笔尖才能勉强　熬煮
独来独往的季节

那些碎片还是落在你的梦魇

有人叫醒你

整理好裙装

乘着一道闪电

随风飘荡

为你截留一城光阴

生命不知河水的深浅
日夜随之东流　或西去
谁会为谁驻足停歇

那个叫作爱情的传说
耽误多少路程
还有枯枝烂叶的阻挡
它们也曾被阳光照拂

有人截留一城光阴　只为
让你走出漩涡

河床外站立的不是先知

就是亡灵

预言在很多夜晚　将计就计

有人赴死而生　在

诗歌沉睡的荒芜里

断断续续

流淌出试探的蜿蜒

夜里

一颗迷途的种子惊慌失措

一抬头　就

为你画上了句点

土　地

土地接受一切
一日暴晒就干裂死去　像骷髅
微雨滋润便温柔复活　如婴孩
谁踩它都不反抗
万年荒芜也不抱怨

土地从不回避
盛夏不打阳伞
冬天不穿绒服
所有的温度
都赤裸相拥

土地永远忠诚

人的泪　马的泪
一股脑儿喝下　从不挑剔
踩过它的躯体　公平对待
从不拒绝掩埋

土地从不隐瞒
对卑微者也坦然一切
不需要谁的理解
仿佛永生
又像生死来去自如
承载所有的苦难
从不改变自己的底色

宝石的记忆

在河水的不息里
每一道皱纹不动声色悄悄褪去

再平庸的石头都被浸润
连石英也发出幽幽宝石光

一次次被带走
一回回被丢弃
是欲望给了它希望
但终归没有家的命运

最怕的不是孤独

是不断注入希望又被粉碎
最远的不是距离
是它还有童年的记忆

浪　花

太阳有心事吧
你看不到
便在阴晴不定里猜测

它想起你记忆里熄灭的事
流了几滴泪
大地惊慌地张开嘴吞下

风吹来的方向
杨树的孩子纷飞
期盼一场更大的雨
能把脚粘在大地

海水淹没了我的浪花

但我已越过大海

一天的时间

一天的时间
有人睁开了眼
有人永远闭目

一天的时间
有的花迎着朝阳开了
有的树背着冷风倒了

一天的时间
有人拥有了爱情
有人告别了围城

一天的时间
有的手暖了
有的心死了

一天的时间
有人满心欢喜离家
有人带着沧桑从远方归来

一天的时间
有的雪山化了
有的火山爆发了

一天的时间
有人在热闹里歌唱
有人在落寞中哭泣

一天的时间
有的未知诞生
有的古老走进历史

一天的时间
给万事万物
都是一样的二十四小时

时间从不出题
也不打分
收走的答卷
谁也要不回来

火　棘

尘土漫天飞扬

将军的兵马受困山中炊断粮绝

火棘姑娘飞过时挥了挥衣袖

满山的果子红了

像火把在燃烧

点燃了生命的温度

将军把剑深深地插在了脚下

从此

那座城的每一条路都种下了火棘树

流浪的人倚靠着它睡去

迷路的人找到了回家的路

春天
火棘姑娘的闺房盛开着白色的五瓣花
细密的花蕊微微地笑

秋天
叶子做成了茶
微风轻轻吹起了长发

冬天
红红的果子装进了陶坛
岁月静静流过系紧的麻绳慢慢溢出了酒香

直到将军离去
火棘姑娘都不知道母亲是谁
她记住了父亲的话
有火棘树在就永远有希望

我们常常忘了

风那么多
吹过你的并不多
雨那么多
落在你头顶的并不多
人那么多
放在你心上的并不多
爱那么多
属于你的并不多

可我们常常忘了

空 院 子

尽头的空院子
房子崭新　呈现水泥的灰
院墙破旧　泛着泥土的黄

多么新的房子啊
主人还没把他的气息涂满墙壁
多么颓废的院墙啊
完全忘记自己的使命
风径直进出
完全没有停下来的念头
我便起身随风一起走了

有些开始就像告别一样
有些结束缝制新生的序幕

在 此 之 前

是你给我插上了翅膀么
当双脚离开了泥泞
越飞越高
曾爱过的一切
渺小如尘埃
是我看重了自己

是你给我插上了枝条么
当双臂攀缘而上
开枝散叶
曾梦过的一切
稀释成云烟
是我看轻了自己

要走遍万水千山
要看尽人间繁华
在成为
一块冰凉的石头上
一个坚硬的名字之前

中　和

然而
中和痛苦的未必是快乐
白色的孤独与黑色的泪水纷至沓来
浪潮平息重归平静

我看着一朵草花
从春芳到雪藏
来年消逝无痕

拥　有

山花是野草的
星星是宇宙的
红鱼是湖水的
雪花是冬夜的

如果你刚好是我的多好
如果你注定只是我的多好

就 像 风

我把热闹给你
把寂寞给她

我把春天给你
把冬雪给她

我把笑靥给你
把泪水给她

我把鲜花给你
把凋零给她

我把遥远的梦给你

把逝去的童年给她

我把阳光给你
把风霜给她

我把爱的心跳给你
把紧闭的双唇给她

就像风
带走露珠的缄默
留下树的回忆

花 的 哲 学

想做一株无名野花
偎着一棵野草惺惺相惜生生不息

想做少年怀里颤抖的玫瑰
醉在少女踮起脚尖的月光下

想做花瓶里的百合
芬芳一个夏日玻璃窗里的午后

想做夏牧场的金莲花
等待一只羊的亲吻

还想做礼盒里的永生花

承载只有花能承载的惦念

她不是无用的种子
甘愿忍耐
在你到来之前
她要为你留白

最深的秘密

最深的秘密
交给六月的风
禾木的雪
沙漠的驼铃

就像爱情
藏在日记本
埋进衣冠冢
从不对你说起

收到绣花的旗袍
珍珠的项链
限量的口红

唯独没有你的回信

最让人懊恼的
不止一再地错过
还有你的梦和希望重来的时光
都与我无关

给月亮递一张纸条

天与地最门当户对
让那么多用力爱过的故事　自惭形秽

十一楼窗外的月亮
和李白看到的是不是一样
竟然没有一丝皱纹
盈满初恋的悸动

痴痴凝望着心上人
凝望着　那些嘱托
那些离去了　还放不下的牵挂

放心吧

月亮会替我爱你

我把写着你名字的纸条交给它了

陌生的小路

更多的时候

就想这样走在一条陌生的小路上

东张西望慢慢地丈量

这条小路也屏息敛声

环顾四周

陌生的街巷

砖瓦　招牌

街树　路灯

烤肉的香　酒吧的音乐　应季的瓜果

齐刷刷扭头打量我　交头接耳

品头论足

你问我穿着长裙从哪里来
我笑而不语

你问我向往什么
我的向往在遥远的地方

我什么都不回答
生怕表露一丝期待与忧伤

秋天不哭泣

倘若放下执念
安安静静做一个读者
便不会在文字里挣扎

就像忘记爱情这回事
平平淡淡的生活
忘记艳羡
拂去衡量

倘若不去回首
亦步亦趋在路上
便不会为年岁叹息

就像冬天为一切收场
春天从不抱怨
秋天不哭泣

克兰河边书店

这一场春风解冻的不止克兰河
还有沉默的诗行
以及抒情的散文

匆忙的脚步为五百里停留
浮躁的灵魂在河边书店沉静
当你翻开一本书
就看到另一个自己

曾几何时
书籍是我们唯一的旋转门
纷纷扰扰
我们摒弃欲念又开始找回最初

河水潺潺亘古永恒
随波逐流亦有河道
人潮汹涌莫如书海浮沉

两 个 月 亮

松间的月圆了
心中的月暗了
盛大的风景令人悲伤
喧闹的节日使人孤寂

无月夜
黑暗的尽头
更黑处
努力吐出微弱的光

你终于看见了
那便是我盛大又卑微的爱情
只能为一个人照亮

墙 上 的 门

当我不再幻想做一个诗人
不再强求它给我名分
读诗的心情就到了分水岭的向阳面
那些在感动之后的
自卑　怀疑　焦灼　渴望
统统停止捣乱
时光的缝隙填满了诗意
才真正得到诗歌的爱抚

有一天
在触手可及的地方
有人在墙上为我打开了一扇门

凹凸的诗眼

一首诗

和人一样

要经过阵痛才能降生

诗眼在结痂的刀口上凹凸

风

当我听说
夏牧场和冬牧场
吹过你的每一缕风
也吹过我
我就迎着风笑了起来

采 风 的 人

大巴穿行于燃烧着白色火焰的戈壁
车窗外挂着陌生的寒冷
车厢内有风
还有藏在口袋里蠢蠢欲动的梦
都是暖的

采风的人录音拍摄做笔记
记录着当地人的时钟
时钟里的故事
故事里的光影
光影里的斑驳

回到酒店各自关上房门

坐下来等待内心的夜幕垂落
也有燃尽的烟灰弯下了腰
唯有孤独才能心安吧　叹息一声
这世间所有的角落都是异乡

如果风可以采摘
采风的人差点忘了这是一场季风
相遇　落泪
告别　忍住泪水
收起行囊回归没有焰火的生活
靠着回忆取暖

人 生 答 卷

青岛,阿勒泰
雄鸡的版图上
我用极细的笔尖独自西行

志愿者,疆一代
历史的长河中
我用青春刻下注脚

别问我浪花与雪花孰美
草原析出浪花的盐
海风吹开雪花的蕊
沙滩与沙漠终于相认

那便是我
正在书写的
尚未完成的
绝不重写的

人生答卷

念　想

你说我们总会相见
等了那么久一再完美地错过

你说有念想才最美好
我便相信明天和美好会一起到来

比起幻想未知的奇迹
修补错过那么久的遗憾像要改写命运

我开始忙乱地修补自己
清理缠绕半生的枝蔓
清空患得患失的忧伤

回到情窦初开的模样
愿意被你一眼看穿
愿意为爱活在秒针的刻度

我的风一阵阵吹过你的耳畔
你的雪一场场下在我的湖畔
风雪是我们相互的思念
交错　平息
无影无踪

把你藏在一首诗里

活着本是孤独

我却偏爱更孤独的事

比如写诗

比如想你

比如想你的时候故意把你藏在一首诗里

时　　间

有时一秒一秒
我看着风吹着叶子来来回回
把夜咀嚼出发白的味道

有时一年一年
孩子跳过了时间的格子长大
父母忘记自己的童年连同我的

无法偿还的不只是亲情
所有经过时间
和被时间经过的
都无法偿还

我们漫长的一生不过是一次叹息
是永恒中的一个标点
而时间不语不回头
才成为永恒本身

第三辑

我有一亩金黄的太阳

迎来忘记你的春天

面对着
我们之间的每一次对话
仿佛都要跨越山和海抵达
太阳落入地平线是不是也耗尽了力气

并不是因为这遥远的奔赴才让我哭泣
已经很久没有这样了
面对一个陌生人轻易就交出了底牌
交出了对这世间无尽的失落仍然赤诚

以为如此便更能贴近你
贴近你对我的想象和期盼
你的眼神却透露出一丝丝畏惧

像柳絮抽出了春天的疼痛

世间已无童话
你也只爱花容劝我抖落泥土
当我交出了全部也交出了悲伤
你说这让你觉得疲惫

我安静地把自己放回原处
各自奔赴吧
站在泥土里的花朵会迎来春天
一个忘记你的春天

我有一亩金黄的太阳

每一个叫作夏的光年
向日葵唤醒雪山记忆中的荡漾
小船一样的叶子拨动冬不拉的双弦
喇叭一样的花盘广播着大地的爱情

戈壁涌动
旋律在地平线起伏
不必看天的脸色
只需拥抱这一亩金黄的太阳

所有的折损都被修复
风干的花瓣小心编织在身
在丰收过的枯枝树林跳舞

风　从海上赶来鼓掌
向八方十里传递消息
一年又一年
没有收到你的回信

我有一亩金黄的太阳
足够温暖剩下的季节

北 坡 的 草

一株草的生长
并不比树容易
它没有那么幸运出生在山南
一个又一个春天将它遗忘

谁的眼睛照亮了它
它就给谁星星般的明亮

野　花

有人把它画到宣纸和布袋上
有人把它留在镜头里
野花不以为意

在春天努力地开
秋风起了便随风而去

打包一个秋天

一整个秋天

守着这安静的村落

拍下很多照片

芦苇摇晃着

秋就白了头

临走时

照片占满了手机内存

行囊装满丰收的果实

我曾为这富有而心安

而今想来

记忆如此轻盈

早该相信自己无需依附

让秋天为我着色

秋天
一定是个画家
落在树梢
为每个叶片涂上颜色
站在树下
涂抹路过的心事

为什么
躺在堆满落叶的树林会觉得安心
是因为
她给我的保护色刚刚好

年轮上的叶子

谁不爱你一身洁白

光滑　　笔直

清澈的眼

克兰河水为你欲走还留

一定是梦中的种子

翅膀伸出了梦境

抚摸你就像抱紧自己

春之翠

夏之绿

秋之斑斓

画家卷起画卷

诗人停下笔墨

造影者按下暂停键

谁给了你通行证

让一切随风

挂在枯枝上的白桦叶

将独活的苦酒一饮而尽

亲人簌簌坠入泥土

西伯利亚的风

一层又一层雪

倔强如你

独自穿越雪季

无人送来温暖的炭火

下一站春天看见你

却是不合时宜的枯萎

绝世独立

打破季节的轮回

原来树的年轮由你来团

爱和宿命由你嘱托

我从树下经过

按下快门

把你送给那个无家可归的孩子

凝视，村里的时光

老钟表拖着尾巴
不肯静音
像驼背的阿帕蹒跚的脚步
嘀嗒着村里的时光

乌鸡骄傲地巡视菜地
红冠大公鸡始终保持警惕
清晨　不需要闹钟叫醒
有的角落一直睡着　或是暗暗醒着

停下脚步凝视
雨和时间一起均匀洒落

轻飘飘地

也许

凝视便是最好的仪式

茇 茇 草

那些山花

一年一年为夏牧场涂抹颜色

茇茇草独自留白

纤细的身姿

坚硬如铁

从不为谁折腰

河　水

一年又一年

河水将我拉扯
在春天
又将我汇聚
在冬天

叶片般的自己相聚又分离
那些纹路不再清晰

当我一遍遍用泪水擦拭苍老
河水从不犹疑
河水依然年轻

收　割

有些门是隐秘的
错过就错过了
有些人是随机的
错过也错过了

断电前来不及保存的文档
和照片里想不起所在的自己
大地忘记了去年庄稼的模样

一年又一年
葵花地里收割甜瓜也收割苜蓿

远去的白马

来疆时
所有人都祝我有一匹白马
在草原上策马奔腾

那么多年过去了
我都没学会骑马
倒是添了白发

天上的云幻化出奔跑的白马
随风渐渐远去
我看见云上的那个自己也随之消失在天边

就像风 ║ 143

那些来不及实现的梦啊
在眼前一点一点褪色
却在泪水中永远明亮

两手空空的秋天

你看到金色的秋天
猜想满满的收获者是谁

我看到生命的终结
席卷一空的大地

田边脱粒机把风弯折
玉米粒惊慌逃离

向日葵的花盘
被花秆重新刺穿
告别的仪式是面朝月光

就像风 ‖ 145

我走进空旷的大地

有沙漠和青草的歌声在晚风中翻涌

唱着童年两手空空的秋天

为每条路写一首诗

有人送我一本花香诗集
那花香似乎通过呼吸浸润了灵魂深处

从那以后
不再用相机截取光阴
沉寂的夜晚
为每条走过的路写一首诗

于是
那些花儿　专门为我盛开
那些微笑　专心等我到来
那些湖光与涟漪　广袤与神秘
都成了我一个人的

只有诗知道

草 木 之 心

从密密麻麻的信笺褪去
把黑色写进白色之前

它曾属于山林　晨曦
用心和它交换一次

只落一片秋天的桦树叶
不然也可以并肩而立

人类不是最高的
也不是最庞大的

那些想寄托草木的重量
都是一个叫心的器官

自说自话

草木一直允许着人类
世世代代以草木之心嫁祸于人

等候的结果

我像树一样
一棵白桦树

我像草一样
一株三叶草

我像花一样
一朵鸢尾花

我像羊一样
一只大尾羊

也像天空

禾木的天空

也像湖水

喀纳斯的湖水

一样被风霜雨雪拍打

一样被春夏秋冬洗刷

等候自然的结果

写给十二月的诗

每一年都有十二月
却不是每个十二月都有你

因为遇见你
我做回了想哭就哭的孩子
很久很久我都不敢哭出声来了

也因为遇见你
我竟然忘了加入双十二的狂欢
原来有安全感的时候
我并不需要那么多身外之物

可我换了好多套装扮

仍不满意
一点儿信心也没有
没有信心离别时
给你留下最美的样子

没有信心说出爱
没有信心问你一声
是不是也有一点舍不得我

如果这只是梦

如果这只是梦

跨越季节切分音的梦

让我不断惊惶醒来又孤独睡去的梦

一个又一个

留白的梦

一年又一年

从未圆满的梦

那是从白桦树下雪的夜晚开始

你说我们会像那两棵白桦树一样

站立成永远的模样

就像天空允许大地素面朝天

当我明了
爱情是那不速之客
并相信它的确来过　还会再来

当我学会
倾诉痛苦和伤痕的时候
却给你描述月光的明亮　湖水的澄澈

当我接受
幸福和痛苦的重量相同
不再偏心

就像天空允许大地素面朝天
你要相信
荒芜的角落里也有海阔天空

仿佛从未被这人间所伤

她笑着说工作的事还没有着落
笑着说小怪兽被同学推倒骨折了
笑着说失眠又腰痛难道抑郁这么容易复发
笑着说在小粮仓随风飘荡的童年
……

她的笑声像午后的风铃
像花山闪耀的阳光
仿佛从未被这人间所伤

留 白

若不是这霓虹
雪都的冬夜还要再冷几度

这多变的人心
折射着多彩的微光才美丽

不想再埋怨那些错过
不想再苛责荒废和虚度的时光

这世界需要底色
人生也需要留白

假装爱是云淡风轻的事

那些寄出的信笺
是否都得到期待的回音

无数次取消的正在输入中
是否被那颗心签收

和你一起吹过那夏天的风
是否在冬天还会回来

掠过你头顶的云朵
是否会途经我的天空

就像风 || 159

十七岁圆过的月亮
和七十岁的是不是同一个

说爱我的你
和离开我的你是不是同一个

常常用这些比喻
假装爱是云淡风轻的事

好　像

偏喜欢无用之物
比如空了的盒子
破碎的器皿

更喜欢无名的花草
比如你从山的那边为我采的那一捧

好像
它们是我
我是它们

好像
我们都曾被你爱过

燃　烧

一些人苦苦等待
对着流星许愿
没有人问它燃烧的痛

在夏牧场的河畔遇见陨石
上面刻着我们没有连笔的姓名

我依偎着它
仿佛与昨日并肩
夜空缀满星辰又熄灭

仍然没把它捂热一点
也不足以为它的清白作证

自　　由

多年前的夏天
我羡慕蒲公英轻盈飞向夏牧场尽头
此刻
眼前的蒲公英
是前些日子落在这里的一簇
努力在雨后小小的凹陷里扎根

我是多么肤浅啊
哪有那样轻飘飘无来由的自由
草木依靠大地生根发芽
我也要依靠强大的事物生长

我 的 构 成

或许是碎片
那些缝隙留给爱人的手来织补

或许是黄渤海分界线的海水
满溢而出的海浪,有时浑浊

或许是塔克拉玛干的沙
抑或是夏牧场生生不息的草
心中常有风声起伏如歌

在人间
我一个人孤独地行走
宛若尘埃
也要勾勒属于自己的地图

森 林 浴

五月的一天
我们来到一个没有信号的山谷

说到风景
也不过是零星的野花
成片的芨芨草
以及大片的草原
起伏的山峦
蓝得透明的天
以及无瑕的云

住在帐篷里的夜晚
在酒的微醺中格外迷人
鸟鸣在闹钟前唤醒了清晨

像阿帕手中油润的拉条子
时间被温柔的手拉长

我为什么一次次怀念那一天呢
怀念赤脚走在草地上
以及春风中断断续续的草木香
仿佛在大自然中沐浴了一次

总是那么迫切想要去到大自然中
挣脱那些无形的网
生出翅膀回到童年

星　星

来自沙漠的孩子在沙滩捡到一颗海星
像捧着世间最美的礼物

午餐时他看到一盘烤熟的海星
哭喊着阻止大人的筷子和手

亲爱的孩子啊
我们都会不经意为这人间所伤
泪会凝结成盐
伤口会生出礁石

而我还是愿意告诉你
天上的星星落入大海就成了海星

海里的星星飞上天空便照亮夜晚

只要你相信
谁也夺不走我们眼里的星光

大海的味道

大海是什么味道呢

栈桥的青岛人说是蛤蜊味儿
星海湾的大连人说是海蛎子味儿
蜈支洲岛的三亚人说是夏天的味道
而新疆人说　那是远方的味道

在这里
人们向往的远方便是有海的地方
和海边人向往草原一样执着　一样绵长
而大海在亿万年前
曾是这西北前世的模样

我的足迹从海边开启又迂回
像飘浮的云
像转场的羊群
海浪一次次席卷而来
带着母亲的温度和童年的光芒

把爱还给大地

如果山谷的风爱我
我便随它一路向北

如果喀纳斯的云爱我
我便蜷缩在它变幻的朝暮

如果禾木的雪爱我
我就一次次降落在木屋的尖顶

如果塔克拉玛干的沙漠爱我
我也无惧干旱与荒凉

你仿佛正因此而爱我

爱我的不顾一切
你仿佛也因此从未出现
怕我不顾一切

第四辑

下在雪都的雪

初雪的阿勒泰角落

心里默念着
希望遇见一个如你一般的人

洁白如阿尔泰山之雪原
温暖如阿拉哈克万亩向日葵
从容如克兰河昼夜不舍
恩爱如红山嘴温泉淼淼轻柔

从承化寺到黄金河谷
从汗德尕特古老岩画到野卡峡
从喀纳斯双湖到金山书院
从黑蜂晶莹花蜜到红粉戈宝红麻

如果藤生的枝蔓令你难舍

我也并不忧伤

请你到来时轻盈如雪

如初雪的阿勒泰角落

下在雪都的雪

下在雪都的雪
和别处并没什么不同
无非是比南方下得
早一点
多一点
久一点

我爱的这座城
并不是梦里的样子
一场一场雪落下
我仰着头数一朵一朵雪花

大雪过后
人们看到了那朵雪莲花

雪　泪

一个人
走了很远的路
一边走一边抛弃
直到一无所有

穿过海洋
飞过天山
越过戈壁沙漠
终于走近了你

把所有看到的衣服都穿在身上
把所有捡到的袜子都套在脚上
一脚迈进了

世界尽头

在只有白色的世界
每一次呼吸都为面前的天空吐出了云
双腿陷进望不到边的雪原
不管往哪里走都不会重复别人的脚步

一抬头
雪花落入眼眸
还没看清她的模样
冰冷瞬间融化

一眨眼
暖暖的泪水渗出眼窝
划过鼻尖已经冰凉
它犹豫了一下又更饱满了

一滴泪
就这样落入雪中
还没看清她的表情
就融入了雪变成了雪

远方的远方

是你把我的身体冻僵
却融化了心里的寒冰

原来泪流在了哪里
哪里便是故乡
终究一生
我们都在远方寻找回家的路

看　雪

你说要来看我
来看看我说的雪
到底有多大
有多深　有多冷

你和从前的我一样
没见过那么多雪
在不需要扫雪的地方
盼望可以堆个雪人

雪下了三天三夜
有人冬季以扫雪为生
他们夏天可能在修建工程

生活以下雪一分为二　周而复始

有人抱怨有扫不完的雪
有人盼望再多下一些
有人被雪埋葬
来年春天开出了金莲花

你不必来看我
我从来不是你想象的模样
这世界只有一个我
却从来不差我一个人

友谊峰的雪

我爱这小城的山花与秋色
爱它不为人更迭的流转
更爱友谊峰的静默

那些雪从不融化
在金光里眼神始终澄澈

那些雪从不被轻易触及
只接受虔诚的仰望

酝酿一场大雪

在梦境以外
一场雪顷刻铺满高山湖泊和草原
就像爱
让人措手不及
没有退路
幸福如一场迷失

一场雪的离去
同样不言不语
哭天喊地拦不住那些白变成灰变成无
看似触手可及的雪山
冰封着童话的结局

一场又一场雪

纷纷扬扬

要相信

要得到

要往后余生

酝酿一场大雪

把历尽千辛的来路全部掩埋

一 片 雪

某个冬天的一片雪
落在某个人的肩头
成了一座冰山

三　月

雪下到三月,便有了

悲伤的表情

沉重、混沌、优柔寡断

草原总是迟缓的

冬牧场大于夏牧场

羊的胡须和叹息是最大的谜题

我从远方归来

从海边

几乎耗尽了热情

甚至整个天空
整个二十岁
整个童年

我仍然热爱三月
走不出冬牧场的羔羊
让你未说出口的诺言永远珍贵

半 生 雪

不要轻易说出
一些词语
它们被附着了太多幻想

如果你爱雪落下的轻盈　洁白
也请爱它裹挟尘埃的消融

三月
草木苏醒之前
是它用苍老唤醒了春天

六月的眼泪

是我执意爱你
就像六月克兰河突然的冰雹
当然
注定不是大雪过后的暖阳
从一开始

我要逼迫风驱赶雨
让天翻地覆证明你爱我
败给风一再被雨淋湿
当一切成空
眼眸中依旧是不灭的信念

是我执意爱你

你不回应早该预料

我不相信二月的诺言

只相信六月的眼泪

如　果

如果露珠都能回到枝头
在消散前

如果流星都能回到夜幕
在天亮前

如果雪花都能回到天空
在融化前

如果河水还能回到源头
在干涸前

那么我就能大胆地放下一切

像他们说的那样

如果青春还能回头
在苍老前

前世我们一起种下了芦苇花

你是雪派来的么
大雪再度催眠半个世纪
你让我学会爱上寂寞
对我微笑

你是彩虹派来的么
无助的时候
你用七色拂尘驱散迷雾
对我微笑

你是风派来的么
每当心被尘土掩埋
你就把它们一扫而光

对我微笑

你是云派来的么
为我抵挡四十度的炎热
又温暖零下四十度的深冬
对我微笑

你是雨派来的么
我走在荒漠里嘴唇干裂
你在我前面种下绿洲
对我微笑

你是命运派来的么
我们手持一把芦苇花相认
凭借记忆找到密码
你仍对我微笑

我相信
前世我们一起种下了芦苇花

一扇木门的距离

总有意外和惊喜
来不及把裙摆的褶皱熨烫

禾木的雪一场一场落下
我推不开那扇飘摇的木门

一双脚印走近
又远去
我等待春天

我和春天隔着一扇木门的距离

答 应 你

那么
答应你
收起凌乱的惨烈的伤痛
为你过好余生

会在春天张开怀抱拥抱风
原来有风的日子就值得起舞歌颂
会洒下一把自由的种子
随它们长成萝卜白菜花姑娘

会在夏天热烈地拥抱甚至私奔
相信蚂蚁也会有爱情
会沿着长长的海岸线慢慢地丈量

就像风 ‖

任凭浪花跟在身后不停地追问

会在秋天去往喀纳斯的深处
带上辛波斯卡和南丁格尔
会让一颗颗樱桃像少女般吻我
旅行写诗和健忘症我都喜欢

会在冬天去看你
带一捧禾木的雪
会陪你说说话
当大家不再提起你的姓名

还有个少女在岸边哭泣

在春风里
追索冬日白雪
在夏夜
怀念春的悸动
在斑斓秋色
遗憾夏的匆忙
在冬日
捡拾秋天的遗落

童年是挥之不去的梦魇
爱情都苍白了
却还有个少女在岸边哭泣

天 空 之 镜

天上的一片雪

落在西北西

惊醒山野精灵

喀纳斯湖静默不语

在重复中挣脱

芦苇花的淤泥

在陌生中寻找

熟识的蜘蛛网

医生探出了喜脉

脉象里第一次摸到诗歌密码

请告诉曾经的质疑和否定

不必问晴天阴雨

天上的一滴泪
落在东海东
临港传来婴儿新生的啼哭
滴水湖铺开天空之镜

雪 都 特 产

列清单。从一到十,再到百
可以外销天然的食物和宝石
可以打包整袋的诗和远方
我的家乡,富有而遥远

行李箱填满又清空
被大雪冻僵和融化的岁月
该如何称重后邮寄
才不会超过行李托运的限额

这是你问起我时
我给你的讲述
这是你要离开时
我让你留下来的理由

雪 都 作 文

全世界所有的雪
从这里诞生

如果不限题材
就写一首十四行诗

如果诗歌除外
就写一篇千字散文

如果要压制情感
那就作一篇报告文学

如果要关照孩子的心
该有个遥远的童话

全世界所有的雪
回落这里

空　白　格

在雪都大寒的季节
说起过往的春天
便听见种子裂开的声响

当我们坐下来捧着茶杯
谈论关于诗歌的话题
我忍住了泪水

不敢告诉春天
甘愿忍受半生寒冷
是为了山谷里无名的花开

也不敢再轻易说出爱

说出那些不顾一切的炽热

不过是多余的空白格

雪 如 月 光

有些美丽的爱情
总在大雪过后遇见

没有人相信
我会如此深爱
仿佛亿万年的雪上
明亮着亿万年的月光

没有人知道
我是如此不安
等到天亮的时候
雪已融化　月光已退场

我的心

被雪埋藏得那么深　那么久

无尽的月光也照不亮

额尔齐斯河边

老码头旁
山楂树下
守候金山书院的男人
寂寞地等待
等待推门而入的路人
静静打开一本书
也许是《喀纳斯自然笔记》

他背着手走在额尔齐斯河边
走向河流的源头
如果一个人的一生并不足以为一条河立传

第五辑

长满皱纹的孩子

遥远的山野童年

多想把你放在山野长大
云为你翻开一页页诗篇
风带你穿越唐宋画卷
挽着层峦就荡起秋千
跨过河川就坚定了信仰
等你高过我的脊梁
无数次返回童年都内心丰盈

敢在马背上一个人流浪
始终没勇气对你放手
半个月亮爬上骆驼峰
趁夜路贴着河道重返漩涡中央
疯狂是青春

安稳是母亲

你总问我为什么

丰收过的沙枣树上依然挂着秋天

突然想起母亲也有过童年

在我永远无法抵达的年月里

在我永远触摸不到的记忆里

长满皱纹的孩子

含着糖抽烟

混着可乐喝酒

一面在阳光下洒脱

一面在月影里哭泣

车在前进你在后退

马在上山你在陷落

世界那么大

你走不出一撇一捺

给你翅膀去飞

给你鳍鳞游走

鸟儿在天上等你

鱼儿在水下望你

成人的世界拒绝童话
每个大人拼命追忆童年
只想热泪盈眶
做个长满皱纹的孩子

父　爱

离家多年归来
书桌上多了一台大头电脑
我回过头
看到烟雾中父亲不动声色的脸
想起上学时父亲说电脑不是好东西

出嫁时
卧室多了一架星海钢琴
琴行的人说钢琴不能晒不能干不能潮
我抚摸黑白间隔的琴键
生怕眼泪掉在上面
父亲曾言辞激烈阻止我上艺校

过年时

父亲背着差点超重的行李来团聚

压秤的黄糕

北宅的樱桃

扑哧扑哧吐泡的蛤蜊

来自青岛最地道的土特产

是网购不到的温暖

临行前

我执意要带你去咖啡厅坐坐

听你对我朋友讲述从未对我提起的充满饥饿的童年

差点因为脑膜炎而死掉

我忍着差点掉进咖啡的那滴泪

可最后我们还是在语言的岔路不欢而散

这些年我们聚少离多

还有更多年我们并不曾坦露心迹

仿佛我们从不是彼此期待的样子

那么多的无奈啊

堆积成比时间和地理距离还难以平复的山和海

总有些夜晚因为想到父亲而心疼

就像此刻

再一次看你消失在航站楼

我蜷缩着望着夜空拼命回想过去的温存取暖

并幻想某天

无数次幻想过的

你牵着我的手

我们一起笑出山谷里新鲜日出的灿烂和轻盈

面

想起母亲常说上船饺子下船面
想起在父亲的爆锅酱油香中醒来

我们吃过多少面啊
哪一碗融化了乡愁的泪水
又是哪一根牵绊着漂泊的心

即便在异乡
来时已做好准备
安心做一个过客不动声色

一声老乡
仿佛这猝不及防的寒冷中有人为你

披上带着体温的棉袄

面　一碗一碗端上来
我们用筷子的仪式加持
加持擦肩而过的相聚

即便并非家乡的味道
那些乡音　一丝一丝抽出故土的根
让我们在异乡相认

喝完这碗面汤
背起各自的行囊

愿这暖足够让我们笑着分别
笑着走进夜的严寒
严寒落下的风会记得我们一起走过

风中的把手

握住的是童年

掉漆的三轮自行车

急切地推开保护

转弯的角度想由自己掌控

双手颤抖着

吹在脸上的风是三月

拆掉辅助轮以后

我的两轮自行车跨越山和海

变速　加速　超速

在速度面前整个世界都在让路

双手颤抖着

吹在脸上的风是六月

用眼睛向整个世界吸取和表达
握住婴儿车的把手格外小心
突然放慢和急切的不止于脚步
另外的山和海铺陈开来
双手颤抖着
吹在脸上的风是九月

急诊　挂号　战斗武装到发丝
当我紧紧握住轮椅的把手
推出去的重量都从双脚加注
手术室的灯亮起又熄灭
双手颤抖着
吹在脸上的风是冬月

那些山和海从远处奔来
距离已经失去了概念
要用更多的时间迷路返回
叶子　一片片坠落
双手颤抖着
吹在脸上的风不再需要季节的定义

这一生握住的把手啊

这一生抓不住的风啊

在谁的手中轮转

就在谁的手中留下岁月的茧

酥 皮 月 饼

童年的那滴泪不懂悲伤
落在奶奶递来的酥皮月饼上
蜘蛛为向往自由的窗户编织着朦胧的梦
知了在窗外着急了一整个夏天

听说这是个团圆的日子
月饼和月亮是圆的　桌子也是圆的
童年的那滴泪藏在月亮背后长大
奶奶家的圆桌从不问缺席的理由

把月饼高高举过头顶
刚好镶进月亮
竟想不真切奶奶的模样

月亮的脸不长皱纹
月饼上的酥皮一碰就掉
思念在这个夜里圆满
一碰就疼

远 行 的 人

是的
远行的人
是被故乡抛弃的孩子

在潮湿的梦里一遍遍呼喊
母亲从不赶来将他领回
教室空了
父亲永远是最后一个来接园的家长

一遍遍　他落入被撤去底片的深渊
那个梦永远不愿醒来
大半生　他活在某种假象里
总是被落在后面　无家可归

远行的人
是被故乡偶然想起的孩子

它轻轻问一声还好么
他便放下一切
哭喊着回过头奔跑

烤 红 薯

灯光追赶中
兀自飘散的香甜
一只只红薯烤软的
是城市奔忙中的铠甲

也烤熟了童年和故乡

四十岁之前

还有很多尘埃在犹豫
面对山川河流千年雪
有时希望快一些
有时希望慢慢来

哦,四十岁
迟到的从容始终在门外徘徊
是的
那一阵风起又不甘心的小火苗
终难熄灭
我一直收集那些尘埃
对着青花瓷的瓶口
努力半生远离的一切
正在飞奔而来的路上

不 可 复 制

我喜欢猫的独立,也喜欢狗的忠诚
我喜欢依偎额尔齐斯河畔的白桦树
我喜欢赫本还有三毛
我喜欢与众不同又怕孤立无援

我喜欢残缺胜过完美
我喜欢粉色,常常穿着黑色
我喜欢大海,也深爱着沙漠
我喜欢我爱的人大过于爱我的
渴望得到又迷恋追求

我喜欢偶然大过于必然
我喜欢守时才会早早出发

我喜欢似曾相识

我喜欢突然的友好

大过长年累月的误会嫉妒

我喜欢写诗

虽然有人劝我放弃

我喜欢所有的纪念日

也为孤独而沮丧

我喜欢公正的人大过圆滑的人

我喜欢遥远的乡村

大过于热闹的都市

我喜欢欲言又止

却常常对陌生人坦白过度

我喜欢报纸的副刊大过于头版头条

我喜欢路边的野花大过于花瓶里的玫瑰

我喜欢从容处变不惊

我喜欢长头发长裙子长长的思念

我喜欢打折喜欢买一赠一

堆积琳琅满目的安全感

我喜欢很多抽屉的柜子
我喜欢满墙的书架
我喜欢靠窗的座位

我喜欢不禁烟又无人吸烟的餐厅
我喜欢很多微不足道的事
一个春天的下午与一只松鼠聊天

我喜欢灵魂有光的人
尤其在与她们结识之前
我喜欢省略号

我喜欢无限的可能又常常迷茫
我喜欢星星又害怕一个人的黑夜
我喜欢含着糖

我喜欢可乐
我喜欢咬指甲
我喜欢一些不健康的小嗜好
我喜欢悲伤的电影

我喜欢的还有很多
默不作声

无足轻重
不需要被允许被挑剔

不问来龙去脉是非对错
天地之大
渺小如我
不可复制

故　乡

你把我的种子撒在海边
我遥望着天边
把自己连根拔起
插上翅膀飞跃海洋

我以为离开故土
就可以自由飞翔
我不回头看你
假装不曾思念

风起了
天空下着沙
冲进了鼻孔

还有棉被的每个缝隙

雪落了
冻僵了天地
手脚瑟缩起来
眨眼都变得生疼

血流了
一点一点抽离
虚弱到产生幻象
灵魂仿佛背离了身体

即便如此
我仍然不回头
不看你
不看海

前方总有光
忽远忽近
忽明忽暗
忽隐忽现

身后是拉长的影子

渐行渐远
渐细渐长
渐浅渐薄

你从不说爱我
我也不说爱你
我们咬着牙分离
又在骨头里互刻

从来没有什么自由
流浪是逃避的借口
恨是从不回头的泪流
爱是永不结痂的伤口

遗忘是最疼的舍弃
回忆是无情的回放
到不了的是远方
回不去的是故乡

就像风 ‖ **237**

火　车

终于坐上了火车
在大学毕业以后
从车窗望去
母亲竟没有哭泣

广播里流淌着送战友的歌声
眼睛最先感动
母亲对不起
火车开动时才恍然自己的不孝

很多人离家求学时你们留住了我
四年以后我以为自己终于胜利
为什么一直想离开

你们年轻时是否也曾如此

多年以后
不再因为火车而激动
不再有人问起背井离乡的理由
开始担心有一天自己也要在站台笑着目送

也许那时我才会真正明白你当时的心情
你是我最该懂得却永远来不及懂的人
我拼命逃离就想和你不一样
却夜夜害怕终会到来的那一天

回 家 的 路

火车的咣当声带走了我
我想去看看辽阔的草原
牛羊满山坡
绿草织如毯

飞机的滑翔声带走了我
我想去寻找远方的梦
找另一个自己
过另一种生活

轮船的汽笛声带走了我
我想去听海那边的声音
不一样的鸟鸣

不一样的风声

多年以后
草荒了
梦醒了
耳朵也不再灵光

你给了我一张票
没有时间
没有站台
没有目的地

我紧紧地捏着
原来走了那么多路
世界上最美的路
是回家的路

为母亲写一首诗

如果母亲能看懂我的诗
我便不会成为一个写诗的人
如果母亲能听懂我的梦
我便不会成为一个远行的人
如果母亲没有呵斥我的泪水
我便不会成为一个悲伤的人

如果我对母亲的话全心全意相信
说不定会有平安顺遂的一生
如果我不踮着脚尖去看母亲遮挡的背后
说不定会有快乐的童年
如果我没偷偷藏起来那个大人的秘密
说不定会更相信爱情

母亲给了我一切

不用承诺

用她的乳汁她的芳华她的隐忍

我的成长竟然如此残忍

耗尽了另一个人所有的美好

仍然理所应当理直气壮

我不了解在我之外她的喜怒哀乐

不知道自己像不像她

如果我像她

她是欣慰还是无奈

如果我像她

该是欢喜还是感伤

美 英

每年生日
给我买和我一样高的娃娃
直到我的个头超过了你
突然发现生活的风好大

每年生日
害怕细数年岁
害怕被遗忘被怠慢
害怕发现好日子并不在前方

四十多年前
我们做了同一场梦

那没有天亮的二百八十个日子
是我在世上最长久最安稳的幸福

是你给的

去看看爸妈的童年吧

要过年了
妈妈没有笑脸眉头却拧得更紧
恨不得把不大的房子翻个底朝天
从早到晚在厨房里团团转
多少年了妈妈总是如此忙年
我不敢轻易打扰
会被安排更多营生

爸爸用不容反驳的声调支使我
熬糨糊
贴对联
贴窗纸
擦玻璃

非要把玻璃擦出宝石光

终于过年了
炸刀鱼
熏鲅鱼
枣饽饽
花糕馒头
正月里家家户户都吃一样的饭

爸爸接着支使我
把一卷一卷黄色的麻纸
一锤一锤打上一种图案的印子
再用没见过的钱币在上面来回照
然后用指尖儿旋转松散开
拿到十字路口去烧纸
我不敢笑也哭不出来
拿着小棍儿认真翻炒
不让每一块黄逃掉烧成灰的命运
还要分出去圈外一点给邻居
我觉得爸爸真懒
自己的事总让我去做

参加的葬礼多了

心里一层层灰铺上去
那必将到来的一天
是不是应该做好充足的准备
我从没敢问葬礼上披着白布的人
假装和大家一样老练

渐渐开始谅解爸爸那些支使
他深深地把烟吸进去又吐出来
他在我前面想念失去的亲人
想念我不知道的一些日子
也在打算着什么
恐怕他一直担心
有那一天
我还不懂规矩
手忙脚乱

我也穿起围裙开始在腊月里忙碌
萝卜丸子炸不圆乎
馒头揉得也不白胖
无数年头的腊月朝我奔来
把我的泪生生扯下
就算家家户户都吃一样的饭
只有一个餐桌才有妈妈的味道

我却一样也没学好
有那一天
如果我想了
还能去哪儿找回来

怕惊醒了什么
这些话
从不敢跟任何人谈起
这些话
从不敢告诉爸妈
总怪他们生了我又不懂我的诗句
又怕有一天一切还没来得及解释

也许认识再多人听再多故事
都不如和生我之前的爸妈聊聊天说说话
也许离家再远走再多路
都不如去爸妈的童年走一走瞧一瞧

我要跟在后面

母亲拔掉了我的一根白头发
望着窗外
我看着摔玩具的孩子
低头回想他曾呼吸我的呼吸
父亲总是开着电视睡着
我从来不知道他食指和中指间燃烧的寂寞

这些年
看着父母失去了他们的父母
永远失去了做儿女的权利
未曾窥见他们想念的泪水
不敢问

希望父母长命百岁

允许我继续犯错

其实不想看清真相看清自己

我飘在半空的双脚

害怕落地为泥

爸　爸

爸爸
我这样叫你的时候
总感觉自己还是个孩子

爸
我这样叫你的时候
就感觉自己懂得比你多了

爹
我从来不这样叫你
害怕那样就把你叫老了

父亲

我从不这样写

我希望那一天越晚越好

走在异乡九点半的路灯下

天桥两边高楼林立
天桥下边车流飞驰
天桥坡道外卖骑手上上下下
天桥楼梯人们行色匆匆

天桥栏杆旁的地摊兜售着温饱
天桥楼梯下糖炒板栗和烤红薯热气腾腾
天桥拐角处的关东煮可以加方便面

我一个人走在异乡九点半的路灯下

入　口

除了远方和故乡
一直在寻找了解父亲的入口
不是作为父亲的角色
而是他本身　一个独立的人
想看他藏起来的人生纪录片

他将近七十年的人生
只展现给我四十年父亲的轮廓
只属于我
严厉掩饰了他对角色的不安
他的本意总与我格格不入

我在他脚下

宛若匍匐在群山前不知名的小花
不管面向广阔开得多么绚烂　长得多么坚韧
一回头　便无声喑哑下去
像一场注定结局的较量
像一场被预言的赌注

当我高大了一些
便在群山的缝隙里被夕阳刺痛
当我的胸前孕育出泪水浇灌的小草
我在群山前努力挺直了腰板
却不敢再轻易回望

想起这些
是为某人醉意迷蒙一时兴起说打就打的电话
是为他和友人温和体谅的电话对白
埋怨在心里那么多年的淤泥突然瓦解
毫无预兆　暗流涌动

曾经厌恶的父亲酒醉后莫名其妙的电话
是错过了多少走近他的入口
从此我想爱上酒
想体验喝醉了随便打电话的任性
也许便能和那些对父亲的误解握手言和

我要和群山站在一起

我要和群山站在一起
和它们站在一起
才不会驼背
才没有时间低头哀伤

宝贝听我说

想陪你穿越唐宋品读那时风月
却面目狰狞把字字句句强灌
想陪你聆听黑白键的浪漫抒情
却气急败坏计较你的每个指节

终究是我不够强大
只能允许自己绝世独立
却要努力把你推进人潮

怕你掉队
怕你孤单
怕你与众不同

如果非要不同
也是用世俗的杠杆称出的优秀和排名

说好要慢慢来
却没有可以慢下来的安全岛
在你熟睡的夜里释放愧疚
在隔壁高分贝的呐喊声中获取治愈

宝贝
请原谅
我也是第一次成为母亲
在这件事上
我和你一样也是小学生
有那么多担心和惶恐
不能退缩才乱了方寸

秋风起了
打个寒战也好
感谢季节转身的片刻
可以奢侈地停下来

想想我们的相遇本来就是一场奇迹

想想不久的将来你也会背起行囊
在这中间
但愿我们不会以爱的名义
互相伤害

无　尽　夏

该如何告诉你

我的宝贝

成长是多么私密的一件事

当我们在泥土里播撒一粒种子

就算每天浇水除草施肥

哪怕与它日夜相伴

还是会惶惑它在秋天结出的果实

玉米长成了玉米的样子

却没有完全相同的两个玉米

该如何告诉你

我的宝贝

历史从无法丈量的远方走来

时代的马蹄声昼夜不息

很多遥远又厚重的事

总想和你静下心来——分解

就像陪伴一粒种子

可我除了是母亲

还有很多必须和应该做的事

该如何告诉你

我的宝贝

我所喜欢的只是一滴水

我所懂得的只有一片云

世界那么大都想送给你

可我的脚步和目光如此浅薄

当我成为母亲

那些骄傲的羽毛都成了心慌和忧虑

对待一粒种子的自信都变得飘忽不定

该如何告诉你

我的宝贝

当我离开大海把你生在遥远的阿勒泰

第一次开始咀嚼后悔的滋味

我总在徘徊不定

耳边风声不断来来回回

当我已修炼成随遇而安

却对一粒种子的现在

以及未来焦头烂额

该如何告诉你

我的宝贝

你和我是不同的个体

既然每个母亲的希望都会或多或少落空

我打算让你自由自在地成长

就像一粒种子

我相信你的天赋性情以及心灵和目光

它们会指引你成为你自己

哪怕曲折坎坷跌跌撞撞

该如何告诉你

我的宝贝

你遇到的每个人大概都和想象的不同

信任以及喜爱从来不会得到平等的回应

相信吃亏是福是一生的修行

比如鸟儿把歌声留给山谷

天空把雨雪送给大地

种子把收获奉献给人类

它们始终虔诚且坦然

该如何告诉你

我的宝贝

酸的苦的辣的以及坚硬的

往往胜过香的甜的温暖的以及可口的

夜魅孤独泪水以及伤疤

往往胜过阳光呵护欢笑和荣耀

难以下咽的食物和令你抗拒的事

将带给你更巨大的力量

一粒种子不言不语却暗藏春天

该如何告诉你

我的宝贝

你不仅仅是我生命的延续

当我发现你身上的星辰和光芒

常常泛起涟漪

大于爱情最美的样子

不完美的我不苛求于你的完美

愿你与众不同时享受高处不胜寒

愿你出世入世中拥有人间无尽夏

倒　　影

风吹散了云
云飘过了湖水
来不及看清模样的是倒影

海的那一边

木制的　金属的　坚硬或善意的刺痛
让我用风干的泪水一并感恩

迟疑的　释放的　幸运或交错的信任
冰封的湖水为我们封存底片

面对用沉默分行的赠别诗
第一次有人说
要带我逃离这悲苦
还有以青春为名的重逢

暗藏在童话的童年里的那些秘密
在爱情分娩前的飞蛾扑火

是我们眼底不尽的雨雾

梦和谎言是我们各自锻造的盾牌
你看天空降落了风雪　　闪电　　雷鸣
你听钟声从海的那一边醒来

星辰不语
白云依旧

当一次坏人

拿到报告单
开始平静地为自己安排后事

如果要花很多钱治疗
那就选择放弃
仅有的钱财留给孩子吧

如果能一个人安然度过
那就谁也不讲
反正误解已经足够多

想到自己曾一再选择
善良　隐忍　和向美而生

便觉得值得

想到自己这一生都错付
爱和信任
突然想当一次坏人